拉封丹寓言

（法）让·德·拉·封丹◎著

李玉民◎译

长江出版传媒 | 长江文艺出版社

目 录

译本序

17世纪在法国被称为"伟大的世纪",是法国封建专制统治的鼎盛时期,也是法国古典主义文学发展的鼎盛时期。这一时期法国出现了四位伟大的作家,即悲剧大师高乃依、拉辛,喜剧大师莫里哀,以及寓言大师拉封丹。四位大师在各自领域的创作,都达到了历史的最高水平。

让·德·拉封丹(1621—1695年),以当时还不入流的寓言诗,跻身文学大师的行列,不能不说是个奇迹。而寓言诗这一文学体裁,经拉封丹之手梳理和创新,从形式到内容都臻于完美了。

拉封丹的寓言诗，从一开始就作为教材使用。他将第一部寓言诗集（1668年），题献给了当年7岁的路易十四的王太子及王后玛丽亚·特蕾莎，就更加彰显了寓言诗的教育功能。寓言诗也通过这一传统途径开始进入文学主流。

进入文学主流谈何容易。17世纪中叶时，古典主义文学发展到顶峰，也就开始下坡，通向一条死路，这是它自身决定的。古典主义条条框框之多、之严苛，历代文学流派都恐难与之比拟。古典主义遵奉的修辞学所规范的语汇体系，完全脱离了现实生活；其规范的句法体系，也使矫揉造作的文风盛行。这是古典主义的两个死穴。当时的文学创作，如果违反这些规则，就会受到排斥和打压，很难存活；如果墨守这些成规，那又会等而下之，落入俗套，多添几部僵尸式的作品。

拉封丹就是要在这样的死路上走出一条活路，为此他摸索试探了15年。每次尝试一种体裁，他总给自己提出这样的问题：如何创新而又不触犯权威，如何出奇而又不扰乱秩序，如何制胜而又不公然对抗确立的典范。而每次他总找到同一个答案：必须熟练地掌握一种"移位的艺术"，而且要做得谦抑礼让，既革新又不犯众，既革命又不造反。拿我们的成语来说，就是偷梁换柱，或者说明修栈道、暗度陈仓。

古典主义文学的一大特点，就是作品大多取材于古希腊罗马。拉封丹也明确标榜自己继承古代寓言作家伊索、费德鲁斯等，称他们的寓言已家喻户晓。他坦言在语言上，他们已简洁到炉火纯青的程度，他无法达到那样完美，只能从别的方面寻求补偿。且看拉封丹是怎么讲的："假如我不稍微翻新，添上几笔，提高趣味性，那我就等于什么也没有做。新意和怡悦，这也正是如今人们所要求的。我所说的怡悦，并不是指引人发笑，而是某种魅力、某种喜人的气氛，它可以被赋予所有主题，甚至最严肃的主题。"

关于趣味性，拉封丹更进一步讲："在法国只看重怡悦的东西：这是大规则，也可以说是唯一的规则。"

既从民众的爱好出发，又考虑7岁储君的需要，拉封丹强调寓言诗的趣味性，并把趣味性确立为"大规则""唯一的规则"。这样，包含新意和怡悦两层意思的趣味性，就成为他避开死穴，走出一条创新活路的指南。古代寓言诗过于精简，道德说教有余，趣味性不足。拉封丹在第六卷第一首寓言诗中写道：

> 单纯的说教总使人厌烦，
> 训诫结合故事就容易流传。
> 这种虚构的故事应亦教亦乐，
> 为讲故事而讲故事，
> 我看就没有什么意义。

古代寓言诗重教轻乐，拉封丹则有针对性地提出亦教亦乐、教与乐并重的原则。他既反对单纯的说教，主张寓教于乐，避免传统寓言枯燥的弊病，又反对毫无意义地讲故事，而主张以故事为依托，增加寓言的内涵。这样，他在内容和形式两方面都赢得创新的巨大空间，从而有了用武之地，施展才能，将寓言诗这一文学体裁推到前所未有、后继者也很难企及并超越的高度。

在发扬光大寓言诗这一体裁方面，拉封丹首先是集大成者。前人寓言诗作品良莠不齐，格调不一，但只要是在立意、题材、情趣、意蕴等方面，有可取之点的，拉封丹无不收揽，再重新糅和、构思、布局，赋予新意和情趣，使之成为全新的、完美的作品。例如第三卷的《狼与鹤》，短短二十行诗，竟然取材于伊索、费德鲁斯等九位寓言家，而且写得十分精致，极富戏剧性。故事说的是一根骨头卡住狼的喉咙，狼向过路的鹤求救；鹤给狼取出骨头，要求报酬；而狼却回答："开什么玩笑，我的好大嫂，/怎么，你脖子探进我喉咙，/我还让你缩回去，/难道这回报还算少？/滚吧，你这忘恩负义的家伙，/千万别落到我的爪下！"

这样的作品，还用作者出面说教吗？狼的一番话再清楚不过地表明，绝不能期望恶人感恩。而且，"忘恩负义"这样的话，还出自狼之口，就更具有讽刺意味。拉封丹一方面吸收前人所有可取之点，另一方面还与时俱进，增添时代的内容，具有浓厚的时代生活气息。读者欣赏他的寓言诗，总有似曾相识的亲切感，仿佛已有所见，已有耳闻，已有切身感受。寓言的世界，就是人的社会，各色各样动物暴露出来的善恶美丑，正是人性的具体表现。难能可贵的是，在那种封建专制的统治下，拉封丹还能通过寓言诗巧妙地针砭时弊。

这种寓言诗鲜明生动，充满智慧，不仅天趣盎然，而且常得异趣。

这种异趣，就是给人以意外惊喜。这是寓言诗臻于完美的一个特点，是高度文学性的一种标志。拉封丹之前的寓言诗流于直白，不能向读者提供这种文学享受。寓言诗作为一种文学体裁，发展到拉封丹的阶段，才有一种质的飞跃，从道德说教小品升华到真正的文学作品。故事性、趣味性、戏剧性、诗意，以及格调清新、意蕴隽永等这些文学性的特质，在拉封丹的寓言诗中都充分体现出来。

读《狼告狐狸》《小公鸡、猫和小耗子》等寓言诗，不再像读道德寓言诗那样一目了然，读者会有复杂的感受，觉得这些故事冲破了一种道德观念的阐释，似乎别有意蕴。越是认真的读者就越会发现，一个故事可以有多种解释，倒难以确认作者究竟要表达什么意思。

　　拉封丹寓言诗的标题，大多是一对矛盾体，如《狮子和小蚊虫》《狼、羊妈妈和小羊》《农夫和蛇》等等。矛盾双方的故事在行动中展开，又可能出现第三方，使矛盾变得复杂。但是，作者精简叙述，不加描绘，只突显动态，人物对抗紧张鲜明，对话富有戏剧性和趣味性。作者只给这些信息，往往不给结论，即使发几句感慨，也类似明码和暗码，引起读者破译的兴趣。这些寓言故事好就好在可塑性强，不是僵化的；每个故事通过不同读者的想象而变异，接受不同人的感觉而产生不同的形态。也正是由于同读者形成这种互动关系，拉封丹的寓言诗才穿越不同时代，跨越不同地域，始终保持新鲜感，不断地被改编成漫画、动画片、儿童剧等。

拉封丹的《寓言诗》总共 12 卷，计 239 篇，在当时就取得成功，后来又经受了历次革命的考验，获得了"公民道德规范"证书。到了法国实行全民义务教育时，寓言诗被选入教科书，列入中学文科论说文的选题，总之，成为了法国不同年龄、不同社会地位的人的"通用教科书"。

拉封丹《寓言诗》被认为是旧制度遗留下来的"唯一民主的作品"，甚至成为"全体法国人第一位的和唯一的共同文化遗产"（A. M. Bassy 语）。这话并不夸张。近现代法国人，有的可以一生没读过雨果、巴尔扎克，或者别的文学大师的作品，但是无一例外，每人在青少年时期都读过拉封丹的寓言诗，到了晚年大多还能背诵几篇。

李玉民

2005 年 11 月于北京花园村

 # 狐狸与乌鸦

乌鸦老板栖在高树梢儿，
嘴叼一大块奶酪。
狐狸老板循香味来到树下
对他大致说了这番话：
"乌鸦先生，您好哇；
您真漂亮！我看您帅呆了！
实不相瞒，如有副好嗓儿
能同您那身羽毛相当，
您就称得上这林中的凤凰。"
闻听此言，乌鸦颇为不悦，
为了亮一亮他的好嗓儿，
大嘴一张，到嘴的美味便失落。
狐狸得了奶酪，又说道：

"老兄啊，千万记牢，
奉承者就靠爱听的人活着。
这一课完全值一块奶酪。"
乌鸦不禁满面羞惭，
他发誓再不受骗，可惜有点晚。

青蛙想要大如牛

青蛙见一头公牛走到近前，

觉得他的个头儿好大。

而她小得可怜，大不过一只蛋，

她十分艳美，要跟牛比个高下，

就伸展四肢，鼓气，

使尽全身解数，

还问另一只青蛙："怎么样？

够了吗，妹妹？我还比不上？"

"还不行。"另一只青蛙回答。

"这样呢？"她又问道。

"根本比不上。""这会儿又如何？"

"相差得没法儿说。"

可怜的小动物膨胀过度，

结果"嘭"的一声肚子胀破。

世上许多人不见得比这青蛙明智：
普通市民攀比大贵族，要建豪华府邸，
小小公国君主也往列国派大使，
区区侯爵却想有青年侍从①。

---

① 法国国王有一批青年侍从，由贵族子弟充任。

狼与狗

一条狼饿成了皮包骨，

只因家犬严严守住门户。

这条狼遇见一只大狗，

大狗不小心迷了路：

他又英俊又强壮，

又肥胖，皮毛又光亮。

狼真想袭击这只丧家犬，

恨不能将他撕成碎片。

但是这难免一场厮杀，

而牧犬个头儿又那么大，

肯定要奋力抵抗。

狼大人只好上前耍花腔，

低首下心地恭维几句，

说狗长得富态令他艳羡不已。

牧犬一听心下喜欢：

"尊敬的先生，要像我这样胖，

这完全取决于您的意愿；

离开树林吧，您会大不一样。

您的同胞在林中多悲惨，

又笨又懒，过着穷日子，

一个个全是穷光蛋，

那种生活只能等饿死。

只因毫无保障，没人供吃喝，

一切全得靠武力抢夺。

跟我走吧，您能过上美好生活。"

狼就问道："让我干什么？"

狗回答："几乎什么也不必干，

就是赶一赶拿棍子行乞的人，

迎合家里人，讨主人的欢心；

您也就能相应地拿到工钱，

也就是说吃到各种残羹剩饭：

小鸡骨头，还有鸽子骨头，

还不算能得到多少爱抚。"
狼已开始憧憬这种幸福生活，
激动得流下了眼泪。
行走间狼发现狗颈的毛全脱落，
就问他："这是怎么回事？"
"没什么。""怎么就没什么？"
"这种事也不值一提。"
"那究竟是什么事？"
"您瞧见的这个部位，
也许是我戴的项圈磨的。"
"戴项圈？"狼又问道，
"您就不能随便跑？"
"不能总乱跑，可是这有什么关系？"
"关系大了，您所有那些饭食，
说什么我也不想要，
即使换取一件珍宝，
以这种代价我也不干。"
狼先生说罢撒腿就跑掉，
至今他还是一个流浪汉。

 # 牛羊与狮子合伙

从前有一个传说，

牛羊和狮子合伙。

一方有母牛和母山羊，

以及她们妹妹母绵羊，

一头骄傲的狮子为另一方：

他可是邻近的领主。

商量好盈利分享，

亏空则共同担负。

有一天山羊用网逮住一头鹿，

她随即将猎物交给伙伴。

大家到齐后，狮子屈爪一算：

"咱们四个分这猎物。"

于是鹿就分成了四份。

身为贵族，狮子拿了头一份，

他说道："这应当归我，

理由嘛，只因我叫狮子。"

对此谁也无话可说。

"这第二份，凭权利还应归我。

这权利就是强权，

想必大家都懂得。

第三份非我莫属，既然我最勇敢。

这第四份你们谁敢动一动，

我当即就要她的命。"

狐狸与鹤

有一天狐狸大哥

留下鹤大姐，

不惜破费请吃饭。

一餐非常清淡，

他生活一向节俭；

这次只做一点稀汤，

盛在一只盘子上。

长嘴鹤大姐什么也啄不着，

狐狸却三口两口把汤舔光了。

鹤大姐受此愚弄，心存报复，

过几天也回请狐狸大哥。

"好哇，"狐狸回答说，

"我和朋友们交际，

从来就不讲虚礼。"
狐狸准时赶来赴约，
登门拜访鹤大姐，
盛赞女主人招待周到，
菜肴烧得正够火候。
尤其对胃口，狐狸一向胃口好，
闻到肉香就享受了口福，
吃到口中更该美不胜收。
不料鹤大姐给他出了难题，
将小肉丁装进长颈细口瓶里，
鹤的长喙很容易就探到里面，
狐狸大嘴只能在外边打转。
他只好饿肚子回家，
一路上两耳耷拉，
还紧紧夹住大尾巴；
彻头彻尾的狼狈相，
就像上了小鸡的大当。

骗子，我这寓言写给你们欣赏，
你们等着瞧会有同样下场。

公鸡和珍珠

一只公鸡觅食扒土，
一天扒出一颗珍珠。
他一碰见个宝石匠，
就立刻把珍珠献上。
"我相信它很精巧，"
公鸡说道，
"但是一颗小米粒，
也比这颗珍珠好，
更能解决我的问题。"

一个无知的人继承了
一份手稿，觉得没用，
就去找邻居书店老板，

拿出这份手稿给他看。

"我相信写得很好，"

无知的人说道，

"但是一枚最小的银币，

更符合我的需要，

对我也更有价值。"

橡树和芦苇

一天橡树对芦苇说：

"你有充分理由控告大自然：

一只戴菊莺飞落，

就会把你压弯。

哪怕吹来一阵微风，

刚能把水面吹皱，

就会让你低下头。

而我的额头像高加索的山峰，

不仅能遮挡灿烂的阳光，

还能顶住暴风雨的扫荡。

对你什么都是风暴，

对我无不是和风。

你若生在我的茂叶下也好，

有我的荫护照应，
就不会受这么多惊扰；
有我遮风挡雨，
也就不必忧虑。
你们这些芦苇大多
生长在风王国的水泽，
我就觉得对你们，
大自然很不公平。"
芦苇回答说："您的同情
是出于好心，也不必担忧：
风对我不如对您那么可怕，
我不会折断，风大就俯下；
而您呢，不管风多么凶猛，
腰弯也不弯就硬顶。
咱们还是等着瞧吧。"
说这番话的工夫，
北风婆一直怀抱的风孩儿，
这时突然从天边冲过来，
那风孩儿最调皮，
发狂一般撒欢儿。

橡树还挺立在那里，
芦苇赶紧弯下腰去。
风力越来越大，
结果连根拔起
那棵伸脑袋够上青天、
脚跟却踏着黄泉的橡树。

# 狼告狐狸

一只狼说他失了窃，

怀疑他的邻居狐狸，

那邻居生活不规矩。

狐狸因偷盗嫌疑传上法庭，

在法官猴子面前开始辩论。

双方都不请律师，

控辩完全靠自己。

猴子还记得就是忒弥斯①，

也从未判过如此复杂的案子。

法官如坐针毡，

在审判席上直冒汗。

双方好一阵舌剑唇枪，

---

① 忒弥斯：古希腊神话中掌管法律和正义的女神。

怒吼争辩各不相让。

法官终于听明白，

两个家伙都怀鬼胎。

于是法官猴子对他们说道：

"我认识你们可有年头，朋友，

你们俩都该罚款：

只因你，狼，前来告状，

本来就没人偷你东西；

还有你，狐狸，正是你

拿了别人索要的东西。"

法官认为胡乱审判，

也不会冤枉一个坏蛋。

# 两头公牛和一只青蛙

两头公牛发生激烈战斗，

争夺地盘和一头母牛。

说起来一只青蛙连声叹气。

"这和你有什么关系？"

她的一个同胞问道。

"你怎么还不明白？"

这一个回答说，

"这场争斗的结果，

就是一个赶走另一个。

逃亡的那个只好离开丰茂的田野，

再也不能统治肥沃的牧场，

就会跑到我们这片沼泽，

一来准要统治这片芦苇荡，

忽而踏死这个，

忽而踩伤那个，

把我们赶进水底把身藏。

牛夫人引起的这场大战，

最终还是我们小动物遭殃。"

这种担忧也不无道理，

一头公牛果然闯了去，

他避难却害惨了青蛙，

一个小时的践踏

就有二十只被踩成了烂泥巴。

真可怜！由此可见，

大人物的愚蠢行为，

历来总是给小人物造成灾难。

 # 猎犬及其伙伴

一只猎犬就要分娩，

不知往哪儿安放

如此紧迫的负担。

她就百般恳求伙伴

让出草屋给她生产。

于是猎犬便关门闭户，

好长时间也没有出屋。

过些时候伙伴要搬回住，

猎犬说孩子刚学走路，

她又请求延长十五天，

长话短说，又获准了宽限。

第二个期限又结束了，

伙伴要讨还自己的房屋，

讨还自己卧室与床铺。
这回猎犬却龇着牙回答：
"我准备撤出全部人马，
只要你能把我们赶出去。"
原来她孩子都已经壮大。

谁跟那些恶人打交道，
总要吃后悔药：
要讨还借给他们的东西，
就必须大动干戈，
必须争讼，也必须抗击。
只要你让给他们一寸，
他们很快就进占一尺。

狮子和小蚊虫

"滚开，小小虫子，世间废物！"

一天狮子说话难听，

这样骂了小蚊虫。

小蚊虫立刻向他宣战，扬言：

"别看你有狮王头衔，

休想把我吓倒，

终日心惊胆战！

牛比你劲大个儿高，

也还让我弄得团团转。"

这话刚讲完就吹起冲锋号，

他自己是号手又英勇善战。

先是拉开了阵势；

瞅准机会就扑过去，

狠狠叮住狮子脖颈，

搅得狮子要发疯：

这四蹄野兽口中吐白沫，

眼睛也乱冒金星，

狮子一声怒吼，

吓坏了周围的野兽，

纷纷找地方藏身。

一只小小的蚊虫，

竟然闹得百兽不宁。

蚊虫围着狮子乱叮，

忽而叮脊背，

忽而叮嘴唇，

忽而又钻进鼻孔。

狮子这回可发了疯。

那看不见的敌人大获全胜，

笑看狂怒的猛兽拼命招架，

又是用牙咬又是用爪抓，

弄得自身遍体鳞伤，

鲜血淙淙往外淌。

倒霉的狮子纯粹是在自残，

他挥舞着尾巴犹如长鞭，

啪啪山响只抽打着空气，

气急败坏最后力尽筋疲，

瘫软在地上再也爬不起。

小蚊虫得意凯旋，

还像刚才冲锋那样，

一路上号声不断，

到处宣扬他的胜利，

不料半路中了埋伏，

在蛛网上一命呜呼。

我们能从这里得出什么教训？

我看有两条：一是我们的敌人，

最弱小的往往最可怕；

二是逃过了大灾大难，

小河沟里却翻了船。

狮子和老鼠

我们一定要尽力助人为乐，
人也往往需要求助于弱小者。
两则寓言都能证明这一真理，
大量的事例也俯拾皆是。

一只冒失的老鼠钻出了地洞，
不料落入狮子的爪中。
狮子这次表现出兽中王的胸襟，
饶了老鼠的性命。
知恩图报这一回也没有落空。

恐怕谁也想不到，
一头狮子还能得到老鼠的回报？

且说狮子偶尔走出树林，
一不小心被猎网缠身，
怎么吼叫也难逃性命。
老鼠闻声急忙赶来，
狠命咬破一个网眼，
整张网也就全开了线。

时间上的耐心和久长，
比强力和狂怒更有力量。

 ## 野兔和青蛙

一只野兔在洞窟里浮想联翩,

(在窝里除了玄想还有什么可干?)

这兔子陷入深深的郁闷,

就这样黯然神伤,

只觉恐惧噬食他的心。

他不禁暗自思量:

"天生胆怯的人有多么不幸,

吃不到一点点有益的食品。

从未尝过真正的欢乐,

总是疲于四处逃命。

我就是过着这种生活——

时时刻刻都胆战心惊。

该死的恐惧睡不着觉,

除非睡觉还睁着眼睛。
'你就改掉害怕的毛病。'
有的明智者这样劝我。
害怕的毛病还能改正?
我甚至认为照理说,
人跟我一样草木皆兵。"
兔子这样推理思索,
还警惕着周围的动静。
他本性多疑又总不安,
只要有点风吹草动,
只要掠过一个阴影,
他就会惊慌失措。

这个动物正闷闷不乐,
忽听一点轻微的声响,
打断了他的胡思乱想。
这对他正是一个信号,
他赶紧往自己窝里逃。
他从水塘边跑过,
青蛙都纷纷跳进清波,
回到他们水下的洞穴。

"唔!"兔子说,"我害怕别人,
别人也同样害怕我,我一出现,
大家都丧魂落魄,
全营发出了警报!
我哪儿来的这种神勇?
怎么!动物见了我都战战兢兢!
难道我成了勇士?
现在我明白在这大地,
个人无论怎么胆怯,
也能碰见更为胆怯者。"

# 狐狸和山羊

狐狸队长同他朋友山羊结伴而行。

这山羊两只角很长，目光却短浅：

只能看到自己的鼻尖。

而狐狸在骗术上早已老谋深算。

俩朋友走得口渴跳进一口井中，

他们解饮饱喝了一通。

两个喝足了之后，

狐狸便对山羊说：

"伙计，咱们怎么办？

水喝足了不算完，

还得想法从井里出去。

你抬起两个前蹄，

两只角也高高竖起，

紧紧贴着井壁。

我就从你的后背爬上去，

再登上你的两只角，

就借助你这架梯子，

先从这口井爬出去，

然后再把你拉上去。"

"我以这胡子起誓，"山羊赞道，

"你这办法真妙，

我赞赏你这样聪明的头脑；

这种绝招我承认，

我怎么也想不到。"

狐狸爬出这口井，丢下了伙伴，

还对山羊夸夸其谈，

规劝他耐心等待。

狐狸还说："等哪天老天长眼，

给你多如胡须的判断，

你就不会这么轻率，

随随便便下到井里。

再见了，我已经出来。

你就想法儿自救吧，

拿出你全身的本事。

我还有事情要办，

路上不能耽误时间。”

凡事有始有终，必须考虑周全。

狼与鹤

狼贪吃，因而说"狼吞虎咽"。

一匹狼参加一次盛宴，

据说吃得特别急，

一根骨头卡在嗓眼里，

险些丢了性命。

幸好一只鹤经过那里，

狼呼救发不出声，

就向鹤连连打手势。

鹤大夫就飞了过来，

立刻开始做手术。

鹤大夫医术高明，

很快给狼取出了骨头，

要求付给一定报酬。

"给你报酬?" 狼答道,
"开什么玩笑,我的好大嫂,
怎么,你脖子探进我喉咙,
我还让你缩回去,
难道这回报还算少?
滚吧,你这忘恩负义的家伙,
千万别落到我的爪下!"

 # 被人打倒的狮子

艺术家展出一幅画，
画中一头狮子无比巨大，
一个人仅凭一己之力，
就把狮子打倒在地。
观赏者见此情景，
都感到无上光荣。
这时一头狮子经过，
迫使他们一阵沉默。
狮子说："我完全理解，
画家是用这种图像，
给你们胜利的感觉；
其实他在蒙骗你们：
他这是放手以假乱真。

假如我的同胞也能绘画，

那么我们更加理直气壮，

画出精彩得多的真相。"

 # 狐狸和葡萄

一只加斯科涅①的狐狸，

也有人说在诺曼底②，

他已经饿得半死，

望见架上的葡萄，

看样子完全熟了，

葡萄皮红里透紫，

显得十分鲜艳。

这个滑头很想美美一餐，

无奈葡萄架高不可攀。

于是他不屑地说道：

"这葡萄又青又酸，

① 加斯科涅：法国西南部的一个地区。
② 诺曼底：法国西北部的一个地区。

只配给那些粗汉。"

吃不着就说葡萄酸，
还不如发几声怨言。

# 牧羊人和大海

一个牧人，同安菲特里忒①为邻，

拥有自己的羊群，

收入虽然很微薄，

至少生活相当安稳，

长期满足于这种生活，

吃穿都不用担心。

他看着海岸卸了那么多珠宝财货，

终于经受不住诱惑，

卖掉了自己的羊群，

拿钱去经商，

全部投到海运。

---

① 安菲特里忒：希腊神话中的海上水神，海神波塞冬
的妻子。与安菲特里忒为邻，即生活在海边。

不料货船遭遇海难，

他损失了全部资金。

这个牧人只好给别人去放羊，

他不再像从前那样，

放牧自己的羊群，

不能再把自己看成

蒂尔西或者科里东①，

而现在却不折不扣，

仅仅是个皮埃罗。

过了一段时间，他挣了一些钱，

又买几只产毛的畜牲。

有一天风平浪静，

货船平安靠了岸。

"喂，海夫人，"牧羊人说道，

"您又想要钱吧，

请您向别人去要，

从我这儿一文也得不到。"

---

①　蒂尔西和科里东都是牧歌中的牧羊人。下文中的皮埃罗则指牧主的下人。

这可不是随意编造的故事。

我通过一定事实，

再结合人生经验，

来证明一个道理：

一分有把握的钱，

胜过可望得到的五分；

要安于自己的生活条件，

根本不听大海和野心

那种诱人的呼唤。

一人财运亨通，

万人叫苦连天。

大海尽管许下金山和银山，

请相信，风暴和海盗就会出现。

 # 毛驴和小狗

秉性天生不可逞强，

怎么勉强都落笑柄。

一个人生来蠢笨，

就是使出浑身解数，

也不能显得风流倜傥。

得天独厚的人屈指可数，

他们天生就有

人见人爱的天赋。

这方面就应当顺其自然，

别像寓言的毛驴那样出丑。

那头毛驴要去亲近主人，

在主人面前好显得可爱可亲。

"怎么!"驴心想，

"就因为是小不点儿，

这只狗就跟先生，

跟太太地位相同，

而我就得挨棍棒？

他做什么呢？

不过是伸出爪子，

就立刻有人亲。

我是否也该这样，

就能让主人喜欢？

这事并不难办。"

毛驴越想越得意，瞧瞧主人

也正是好心情，

他就笨重地走过去；

抬起一个老硬蹄，

无比深情地送给主人的下颌儿，

为了干得更漂亮，

他这大胆的行动，

还伴随美好的歌声。

"哎呀呀！"主人立刻说，

"这算什么亲热！

唱的是什么歌!

喂! 棍子马尔丹①!"

棍子马尔丹跑来,

驴就改了唱腔。

喜剧到此收场。

---

① 马尔丹是马夫名, 常用棍棒驯服牲口, 故名棍子马尔丹。

猴子与海豚

从前希腊有一种风气，

凡是乘海船的旅客，

无不随身携带几只

会耍把戏的狗和猴子。

有一艘载有这样旅客的船，

行驶到雅典不远处遇难。

如果没有海豚救护，

全得命赴黄泉。

海豚这种动物，

是人类的好友：

此说很有可信度，

普林尼①在书中有过论述。

且说海豚竭力救人，

甚至救起一只猴子。

猴子仗着有点人样，

认为救他是理所当然。

一只海豚把他当成人，

就驮着他游向岸边。

他那神态确实很庄重，

莫让人以为又看见，

那位著名的歌手②再生。

海豚正往岸边游去，

偶然问了他一句：

"您是雅典人吗？

那座城市真伟大。"

"是啊，"猴子回答，

"那里人都认识我。

---

① 普林尼（23—79年）：古罗马博物学家、作家，著
有《自然史》。

② 指阿里翁，古希腊抒情诗人，生于公元前7世纪。
相传他被海盗抛入海中，被喜欢听他弹琴唱歌的海豚救起。

您要办事就请开口，

因为我的亲属，

是当地的头面人物：

我的表兄就是一位大法官。"

海豚便说："万分感谢。

那么皮雷①怎么样，

您也经常光顾吗？

我想，您能经常见到吧？"

"我们天天见面，

他是我的朋友，

我们可是相识多年。"

港口名称当成了人名，

秃尾猕猴这下露了馅。

这种人随处可见，

他们把伏吉拉②当成罗马。

他们总是信口开河，

什么都没见过，

---

① 皮雷：雅典的主要港口。

② 伏吉拉：当时巴黎的郊区，现为市内跨区长街。

却什么都敢说。

海豚笑了笑，回过头，
仔细打量秃尾猕猴，
发觉他从海里救上来的，
不过是人模猴样的蠢物。
于是他又把猴子抛进海中，
赶紧再去寻找救别人。

 # 用孔雀羽毛装扮的松鸦

一只孔雀蜕羽毛，

全让一只松鸦拾去，

他照孔雀装扮自己，

又去孔雀中间炫耀，

还模仿开屏，

自以为成了一位漂亮先生。

有只孔雀认出他来，

于是孔雀就群起而攻之：

又挖苦又讽刺，

又嘘赶又捉弄，

还把他的毛拔得一干二净。

他落荒而逃，

样子实在怪，

又被他的同类赶到门外。

这样两脚的松鸦世上不少,
常装扮自己披上别人的皮毛,
人称剽窃者。
我不想评说,
也决不想给他们添乱:
他们的事本不该我来管。

骆驼和漂浮的木棍

头一个见到骆驼的人，

赶紧逃离这一新物种。

第二人就试着接近；

第三人则了无畏惧，

给骆驼套上辔头。

事物就是这样，

什么都能习以为常。

乍一看显得可怕而怪异的东西，

只要连续出现几次，

也就见多不怪了。

既然我们提起这个话题，

这里就讲个事例：

有人派守在海边，

望见远海上漂着什么物体，

他们就不禁断言，

那是一艘巨舰。

又过了半晌，

那物体变成火攻小船，

继而变成小艇，

继而变成货包，

最后才看清，

原来是水上漂浮的一根木棍。

我见过很多人，

切合这种情形：

远看是个人物，

近看是个凡夫。

意欲向鹿报仇的马

人类还靠橡实果腹的时期，

马也并不属于人类，

那时马和驴骡，

都是森林的居民，

根本看不到本世纪的情景：

如此多搭背与鞍鞯，

如此多战骑的用具，

如此多轻便马车，

如此多豪华轿车，

同样也看不见，

如此多婚礼和盛宴。

且说那时一匹马和一头鹿有争端，

但是鹿跑得飞快而难以追赶，

马就去求助于人，

恳求人以智取胜。

于是人给马套上辔头，

跳上马催着飞跑，

一刻也不停，

直到逮住鹿，

要了鹿的命。

事情一办成，

马便感谢恩人，说道：

"再见，我愿为您效劳。

现在，我也该回去，

再过我野生的日子。"

"那不好，"人却说道，"我们这里

生活的条件更优越，

我也看清您多有用。

您就留下来，

会受到很好的招待：

给您准备的草料

有您肚子这么高。"

唉！一旦失去自由，
吃得好又算什么？
马这才意识到干了傻事，
可是悔之已无及：
马厩已经盖起来，
一应用具都备齐。
马只好留在那里，
笼头一直戴到死。

对待小小的冒犯，
当初如能忍一忍，
那该是多么明智。
报仇不管带来多大乐趣，
代价却太昂贵，
若用自由去换取，
那么一切都丧失了意义。

狐狸和半身像

大人物十有八九像演戏，

戴着假面具；

表象的仪容，

足令芸芸众生肃然起敬。

驴子只根据眼见，

就做出判断；

狐狸则相反，

总要里外看清：

从各个角度察看，

他终于发现，

他们的身份只是漂亮的外表。

他受一尊英雄雕像的启发，

对他们讲了一句中肯的话：

"这是空心雕像，

比真人要大。"

狐狸既赞美了雕刻的工艺，

同时也指出：

"头像非常漂亮，

但里面没东西。"

从这种意义上讲，

多少显贵都是半身像。

狼、羊妈妈和小羊

羊妈妈要去吃鲜嫩的青草，

让耷拉的乳房胀饱。

先嘱咐几句羊儿，

再把房门插好：

"当心你的小命，

不要随便开门，

除非说出这个暗号——

打死狼和一伙坏蛋！"

一条狼正巧从那里经过，

听见母羊这么说。

这些话他听个正着，

就牢牢记在心里；

而我们尽可相信，

母羊并没有瞧见，

这个贪吃的畜生。

狼见母羊走远，便学她的声音，

假声假气叫开门，

还说一句"打死狼"，

以为暗号说得准，

等门一开就闯进。

小羊有疑心，从门缝往外瞧，

立刻高声说道：

"让我看看白蹄子，

要不我决不开门。"

白蹄是要害，这谁都知道，

白蹄的狼，世上非常稀少。

狼听了小羊的话，

大大出乎他的意料；

他空着肚子来，

只好空着肚子回去。

假如小羊相信了

狼偶然窃听的暗号，

那他会去哪里报到？

双保险总归比单一保险好，
过分小心从来就不会徒劳。

苏格拉底的话

苏格拉底①请人盖了一座房屋，

人人都来查验这所建筑。

有一人直言不讳，

认为屋内的设施，

与这样大人物不配。

另一个人又贬责，

说门面不够气派。

所有人都一致认为，

房间都太狭窄。

"他盖的是什么房子！

屋里连身都转不开。"

---

① 苏格拉底（公元前 469—前 399 年）：古希腊哲学家，他与亚里士多德、柏拉图并称为"古希腊三贤"。

然而，苏格拉底却回答说：

"这样小的房子，

能挤满真正的朋友，

那就谢天谢地了。"

善良的苏格拉底说得有道理，

接待真正的朋友，

用不了这么大的房子。

人人都称朋友，

傻子才会相信；

"朋友"一词用得最为广泛，

而真正的朋友又最为罕见。

 # 砂锅和铁锅

铁锅向砂锅提议，

结伴去旅行。

砂锅婉言谢绝，

说是讲点聪明，

最好还是守着炉火：

只因他很不结实，

就怕撞着什么，

哪怕极小的东西，

也能将他碰碎。

到那时再回转，

他只能成为碎片。

砂锅又说："你不同，

你的皮比我的硬，

我看毫无阻拦，
你可以成行。"
"我会掩护你，"
铁锅接口说，
"真有什么硬玩意儿
威胁到你的生命，
我就站到你前面，
立时保证你的安全。"
有了这一保证，
砂锅才放心。
他和伙伴铁锅，
肩并肩出行了。
两个三条腿的家伙，
一瘸一拐地动身；
路上有一点点障碍，
他俩就磕磕碰碰，
撞得砂锅好疼；
还没有走出百步远，
砂锅就撞成碎片，
都来不及抱怨同伴。

结交要有所挑选，
与我们的身份相等，
否则就恐难免
这种砂锅的命运。

 # 马和狼

正是春天好时节，
和风又吹绿了草地，
动物都离开居所，
纷纷到野外来觅食。
且说有一匹狼，
经过冬天的严寒，
他瞧见一匹马，
放牧在草地上。
请想一想，
他有多么欣喜若狂！
"好猎物啊！"狼说道，
"看谁能把他逮着。
唉！你怎么不是羊呢？
逮羊我最有把握。

而对付这个猎物，

就必须使用计谋。

咱们就耍点手腕吧。"

狼这样说着，就迈着方步，

自称是希波克拉底①的高徒，

他十分清楚，

这片牧场的所有草药

是什么属性和功效；

他也不是吹嘘，

无论什么病症，

他都能治愈。

如果马大人愿意，

丝毫也不隐瞒病情，

那么他，狼，可以保证，

一定免费给马治好病。

因为他看到，

马没有被拴着，

随便在牧场上吃草，

———————————

① 希波克拉底：古希腊著名医生，被称为"西方医学之父"。

从医学上就能判定，

准有什么病痛。"

马就回答说：

"我的蹄掌下，

长了一个大疖。"

"我的孩子，"大夫便说，

"这个部位最容易出毛病。

我非常荣幸，

能为各位马大人效劳，

也做做外科手术。"

这个狡猾的家伙，

一心想趁有利时机，

一口就将患者咬死。

可是马早已察觉，

狠狠尥了他一蹶子，

踢了狼一个满脸花，

踢掉了牙齿和下巴。

"罪有应得。"狼自言自语，

样子十分狼狈，

"哪一行都应一心敬业。

你在这儿想装什么药师，
一辈子也只能是个屠夫。"

庄稼汉和他的孩子们

要干活，不怕劳累：
这是少不得的根本。
一个富裕的农民，
感到死期临近，
就叫来孩子们，
关起门来对他们讲：
"千万不要卖掉田产，
这是咱家祖辈相传；
地下还埋藏着财宝，
在哪一处我说不好，
只要鼓起勇气寻找，
最终一定能够找到。
等秋收的活儿一忙完

你们就翻腾自家的田地，

用镐刨，用锹挖，

不留一块死角，

处处都翻个遍。"

父亲死后，

几个儿子就深翻田，

这里，那里，

田地全翻了一遍；

结果一年之后，

庄稼大大地增了产。

而埋藏的钱，

一点也没有找见。

但是要承认，

父亲很聪明，

死前向孩子提出：

劳动就是财富。

 # 命运女神和少年

在一口很深的井边沿

躺着一名少年；

正是上学的年龄，

什么都当成床铺和褥垫；

他呼呼大睡，

就躺在井沿。

换个成年人，处于这种境地，

他早就跳离数十尺。

幸而命运女神从此经过，

轻轻地将他唤醒，

还对他说：

"乖乖，我救了你的命。

下次千万要当心。

假如你跌下去，

大家又该怪罪我，

然而是你的过错。

我诚心问问你，

你这样冒失，

能说是我无常?"

女神说罢，便扬长而去。

如问我，我赞同她的观点。

人世间无论出什么事件，

都和女神无关。

正是我们什么都怪命运，

偶发事件无不归咎于女神。

有人蠢笨又糊涂，

事情估计错误，

以为说声命不好，

就算遮了百丑。

总之，命运女神，

只是罪责的替身。

下金蛋的鸡

吝啬鬼什么都想要，
却什么都失掉。
我愿意证明这一点，
只讲讲一只鸡，
寓言讲的那只，
每天下个金蛋。
吝啬鬼以为鸡肚子里，
藏着一座金山，
于是把鸡宰了，
剖开肚子一看，
跟普通鸡一样。
他就这样亲手毁掉了
他的最好财源。

对于贪婪的人，
这是极好的教训。
近来我见过多少人太贪，
他们急于发大财，
一夜间却成了穷光蛋。

 # 鹿和葡萄

有一种葡萄长得相当高，
在气候适当的地区就能看到。
一头鹿躲在这样一株葡萄下，
才得以死里逃生。
猎人又把猎犬叫回去，
还以为他们是望风捕影。
鹿一旦脱险，便吃起恩人，
忘恩负义到了极点！
猎人听见响动，又折回来，
将鹿赶出避难之所；
鹿就在这死里逃生的原地，
又惹来杀身之祸。
"我这是罪有应得！"

鹿临死的时候说，
"都吸取教训吧，忘恩负义者。"
说罢他就倒下，被猎犬撕裂。
猎人追来就是要猎杀鹿，
并不理睬他的哭诉。

世上多少人恩将仇报，
这副嘴脸就是忠实的写照。

蛇与钢锉

相传有一条蛇，

同一个钟表匠为邻；

邻居名声差劲，

钟表匠也无可奈何。

有一天蛇钻进店铺，

要寻觅一点食物，

只碰到一根钢锉，

或许还可以入口，

便开始啃噬。

这根钢锉并未生气，

只是对蛇说道：

"又可怜又无知！

你这不是胡闹？

还敢啃比你硬的东西！

小小的蛇，简直疯了，

你若能从我身上啃下，

哪怕是一点点，

你的牙也得全崩掉。

岁月的侵蚀，

才是我的大敌。"

这故事是讲给你们听，

智能低下的人，

你们到处乱咬，

干什么都不行，

只会一味瞎折腾。

你们以为那么多好作品，

能够留下你们的齿印？

那些作品对你们都像青铜、

钢铁和金刚石般坚硬。

狮子出征

狮子酝酿干一番事业，

主持军事会议，

派出各路使者，

通知各类动物。

大家按照各自的本领，

都承担了职务。

战事的军需品，

就由大象驮运；

大象如参战，

也照自己的习惯。

熊要冲锋在前；

狐狸则出谋划策；

猴子发挥耍戏本领，

尽量去迷惑敌人。

"驴子和野兔,"与会者提议,

"都应当打发走,

驴子都又笨又蠢,

野兔总是草木皆兵。"

"绝不可以,"狮王却说,

"我还要使用他们。

如果把他们除名,

我们大军就不完整。

驴可以当司号员,

用号声惊扰敌人。

野兔跑得快,

可以当传令兵。"

明君总是特别慎重,

了解不同的才能,

多么卑微的臣民,

都能才尽其用。

在有识之士的眼中,

世上无一物不可利用。

太阳神与北风神

北风和太阳瞧见一位行客：

他穿得很暖和，

准备好对付坏天气。

现在已经入秋，

出远门要未雨绸缪：

日晒，雨淋，雨后的彩虹，

无不警告行路的人，

随后这几个月里，

大衣须臾不可离身。

这位行客早就提防下雨，

穿了一件有衬里的大衣，

布料也十分结实。

"这个人啊，"北风说道，

"自以为万无一失，
但是他绝没有料到，
我会狂风大作，
让衣扣全部挣脱；
如果惹我兴起，
还让他的大衣见鬼去！
这种消遣一定非常快活。
有兴趣吗？玩一玩如何？"
"好哇，咱们就赌一把，"
太阳神便接口说，
"也不必讲这么多空话，
看看谁最有办法，
让我们眼前的这位骑士，
尽快脱下他的大衣。
咱们这就开始吧。
你先来遮住我的阳光。"
也不用再多谦让，
我们这位打赌的北风神，
立刻吸足了气囊，
像大气球一般鼓胀，

发出一阵恶魔的吼声，
吹呀吹，刮起飓风，
刮沉多少船只，
又刮飞多少屋顶，
只是为了一件大衣，
就折腾得昏天黑地！
然而那骑士十分当心，
他将大衣裹得紧紧，
不让狂风钻进去逞凶。
他就这样得以保全，
北风白白耽误了时间；
那北风越是猖狂，
骑士也就越顽强，
风怎么揪他的衣领，
乱扯他的衣襟也没用；
打赌的时间，
很快就用完。
太阳驱散乌云，
照得骑士开颜，
终于温暖了他的全身，

大衣里面呼呼冒汗，

他不得不脱掉大衣，

而太阳尚未发挥全部威力。

温和比施暴更有功效。

小公鸡、猫和小耗子

一只幼小的耗子，

还未见识过什么，

一出去险些被逮住，

这次历险的经过，

请看他向母亲的叙述：

"我越过周围的高山①，

就像出去见世面的小鼠，

一路游荡连跑带颠。

忽然有两只动物，

吸引住我的视线。

其中一只很文静，

---

① 这是小老鼠说话的语气，小鼠以其小，看什么都无比巨大。全篇小儿看世界的口气，写得惟妙惟肖。

也显得非常和善。

另外一只粗嗓门，

声音特别刺耳，

还总是躁动不安；

他头顶长了一块肉，

尾巴像羽翎花枝招展；

好像还有两只胳臂，

高高抬起来直呼扇，

简直就要飞上天。"

小耗子向母亲描述，

仿佛来自美洲的动物，

原来是一只小公鸡。

"那动物抬起胳臂，

拍打着胸膛的两侧，

发出的声响大极了。

谢天谢地，

我虽然也自夸很勇敢，

还是吓得赶紧逃窜。

我从心眼里诅咒，

没有他我就会交个新朋友。

那只动物我看很和善，

浑身毛茸茸，

还带着斑纹，

同我们一样；

尾巴很长，

那神态显得很本分，

一副谦和的眼神，

不过眼睛炯炯发光。

我相信他对鼠先生们，

一定很有好感；

因为他的耳朵，

同我们耳朵多么相像。

我正要上前攀谈，

忽然一声巨响，

另一只动物吓得我逃窜。"

"孩子呀，"鼠妈妈说道，

"那只和善动物是只猫，

他那面目特别伪善，

其实非常凶残，

要捕你的所有亲友。

另一只动物却相反，
对我们秋毫无犯，
也许等哪天，
它能成为我们的盘中餐。
至于猫的食品，
主要是指我们。

你这一生都要当心，
绝不可以貌取人。"

狐狸、猴子和动物

相传一头狮子去世，

生前他统治这个地方，

现在动物聚在一起，

要挑选一位新国王。

王冠就放在密室，

由一条龙看守；

从盒子里取出来之后，

大家都戴上试一试，

但是没有一个戴着合适。

大多脑袋都太小，

还有一些脑袋太大，

有一些甚至还长了角。

猴子觉得好玩，

也要试一试王冠；

他戴时就哈哈笑，

还向周围大做鬼脸，

耍各种各样的猴戏，

抓耳挠腮做各种姿态；

他终于戴上了王冠，

就像套上个圈圈。

动物都觉得他仪表堂堂，

于是推选他为国王。

大家都向猴王祝贺，

唯独狐狸不满这种结果，

但是没有表露自己的情绪。

他敷衍地祝贺两句，

又对猴王说道：

"陛下，我知道一个秘密，

除了我未必有谁知晓。

可是按照王国的法律，

任何无主的财宝，

都应该属于陛下。"

这位新国王财迷心窍，

他亲自跑去探察。

不料那是个陷阱，

一下子掉了进去。

狐狸以大家的名义质问：

"你连自己都不会管理，

还想要来统治我们？"

猴子不得不退了位，

大家也达成共识：

适合戴这顶王冠者，

恐怕寥寥无几。

炫耀家世的骡子

一位高级教士的骡子，

夸耀出身高贵，

总谈他母亲，

那匹骡马的壮举：

她曾做了这事，她曾到了那里。

因此儿子认为，

应该把他写进历史。

他还认为去侍候医生，

就有辱他的门庭。

可是他老了之后，

就被打发进了磨坊。

他这才回忆起，

他父亲就是一头驴。

如果身遭的不幸，
能让蠢人清醒，
那就可以断言，
不幸也算有点用。

 ## 老人和驴

一位老人骑着毛驴，

经过一片鲜花盛开的草地。

他就放开牲口，

灰驴立时冲过去，

冲进嫩草地，

又是打滚，又是蹭痒，

又是就地搓脊梁，

又是大啃青草，

又是放声歌唱，

又是撒欢蹦跳，

结果草地有好几处，

都变成了光秃。

正在这时候，忽然闯来强盗。

"快逃！"老人说道。

"为什么要逃跑？"

这个贪玩的家伙反问道。

"换别人，还会给我放两副驮，

还会让我驮两份货？"

"那倒不会。"老人说罢便逃掉。

"那我属于谁，"驴又说道，

"跟我又有什么关系！

您就赶紧逃跑，

让我在这儿吃草。

我们的敌人，就是我们的主人，

这话我对您说到家了。"

照水泉的鹿

从前有一只鹿，

对着清澈的水泉，

赞美头角的妖艳，

而难以容忍小腿，

看着如同纺锤，

这丑陋的形象隐没在泉水。

他痛苦地审视水中的形影，

不禁连声感叹：

"我的头和我的脚多么不相称！

我这对额角，

够得着灌木的树梢儿；

可是我的脚，

真不好意思给人瞧。"

他正这样哀叹，

忽见一只猎犬，

他就赶紧逃跑，

要躲到安全的地点，

便逃进了森林。

不料他高高的角，

却成了有害的装饰品，

时时阻碍他奔逃，

阻碍他逃命的脚。

于是他一反原先的言论，

开始诅咒上天年年给他的赠品①。

我们总看重华美，总轻视实用，

而华美往往毁了我们。

这头鹿斥责使他全身敏捷的腿脚，

推崇危害他的头角。

---

① 鹿角每年春天生长，秋冬脱落，而且逐年变粗变高。

 # 农夫和蛇

伊索讲述有个农夫，

心慈而不谙世故，

在冬季有一天，

他在自家庄园散步，

忽然瞧见雪地上横卧一条蛇，

已经麻木，冻僵、瘫痪，动弹不得，

奄奄一息，再活不过一刻。

农夫拾起这条蛇，径直带回家里，

也不想想这一善举，

能给他带来什么收益，

他就把蛇放在炉灶边，

让蛇取暖以便苏醒。

冻僵的动物觉不出温暖，

生命和愤怒同时还魂。

他微微抬起头，发出咝咝的声音，

然后高高地弓起身，势欲扑向

他的恩人，他的救星，他的父亲。

"忘恩负义的东西!"这农夫说道，

"这就是给我的回报?

你跑不了，这下死定了!"

农夫不禁义愤填膺，

说罢就操起大斧，

一斧就将蛇头剁掉;

再一斧又砍个正着，

一条蛇变成了三条:

蛇头、蛇尾和蛇身。

这爬虫还不断蠕动，

仿佛还要连成一体，

可是已经回天无力。

仁慈固然是正理，

但是要看对待谁，

这才是问题的关键。

世上就有人忘恩负义，
他们最终无不死得很惨。

图书在版编目（CIP）数据

拉封丹寓言 /（法）让·德·拉·封丹著；李玉民
译. —— 武汉：长江文艺出版社，2024.1
ISBN 978-7-5702-3365-6

Ⅰ. ①拉… Ⅱ. ①让… ②李… Ⅲ. ①寓言—作品集
—法国—近代 Ⅳ. ①I565.74

中国国家版本馆 CIP 数据核字（2023）第 207925 号

拉封丹寓言

LAFENGDAN YUYAN

| 责任编辑：陈欣然 | 责任校对：毛季慧 |
| 整体设计：一壹图书 | 责任印制：邱 莉 王光兴 |

出版： 长江出版传媒 | 长江文艺出版社
地址：武汉市雄楚大街 268 号 邮编：430070
发行：长江文艺出版社
http://www.cjlap.com
印刷：武汉新鸿业印务有限公司

开本：640 毫米×970 毫米	1/16	印张：7	插页：4 页
版次：2024 年 1 月第 1 版		2024 年 1 月第 1 次印刷	
行数：2240 行			

定价：22.00 元